Pérez y Martina

Marjorie E. Herrmann

National Textbook Company
a division of *NTC Publishing Group* • Lincolnwood, Illinois USA

Queridos niños,

¿Se han preguntado alguna vez de dónde son los mejores cuentos? Algunos se relatan y pasan simplemente de una persona a otra, sin escribirse nunca en los libros. Esos son los verdaderos cuentos del folklore. A veces son tan antiguos que nadie recuerda quién fue el primero que los contó. Cada cultura tiene sus propios cuentos. Son muy especiales porque realmente pertenecen a todo un pueblo.

La historia que van a leer es un cuento muy apreciado del folklore puertorriqueño. Se ha escrito para su deleite. Este cuento pertenece a los niños de América central, particularmente a niños de Puerto Rico y México. Como a Uds. les gusta leer buenas historias, quiero que aprendan ésta. Ya que Uds. son bilingües, el cuento será doblemente bueno.

Cualquiera que sea el idioma que escojan, lean el cuento del ratoncito Pérez y su linda esposa, Martina. Espero que se diviertan comparando como hablan los animales en español y en inglés.

Adelante y buena suerte.
Marjorie E. Herrmann

1995 Printing

Copyright © 1988, 1978 by National Textbook Company
a division of NTC Publishing Group
4255 West Touhy Avenue
Lincolnwood (Chicago), Illinois 60646-1975 U.S.A.

7 8 9 SC 9 8 7

Había una vez una hormiguita que se llamaba
Martina. Era muy bonita con ojos negros muy
grandes. Vivía en una casita blanca con balcón y
un jardín con muchas flores.

Un día cuando estaba barriendo su patio, descubrió un centavo viejo. Pensó qué podría comprar.

—Quizás pudiera comprar un vestido azul . . . pero no tengo suficiente dinero.

—Tal vez una caja de chocolates— pensó.

Pero cambió pronto de idea porque esos chocolates le engordarían. Por fin, resolvió comprar una caja de polvos y corrió pronto a la tienda.

Ya de regreso a su casa, la hormiguita se bañó, se peinó, se empolvó la carita y se puso su mejor vestido. Requetelinda se sentó en su balcón.

—¡Ojalá venga el Ratoncito Pérez!— soñaba Martina.

—¡Es tan elegante, tan guapo!

Cerca de la casa pasó el señor Gato.

—Marina, ¡Que linda estás! ¿Quieres casarte conmigo?

—Bueno, quizás— contestó Martina. —Puede que sí, puede que no. ¿Cómo me hablarás en el futuro?

El gato respondió:

—Te hablaré así . . . ¡Miau! ¡Miau! ¡Miau!

—Oh, no, señor Gato— gritó Martina. —No puedo casarme contigo. No me gusta tu voz.

Con estas palabras el pobre gato se alejó con los ojos llenos de lágrimas, diciendo:

—Estoy tan desolado porque Martina no quiere casarse conmigo.

Poco después llegó el señor Pato.

—Buenos días, señorita— dijo el pato. —¿Quieres casarte conmigo?

—Puede que sí, puede que no. ¿Cómo me hablarás en el futuro?

El pato dijo: —Te hablaré así: ¡Cua! ¡Cua! ¡Cua!

—¡Basta! ¡Basta!— gritó ella. —No puedo soportar esa voz tan fastidiosa.

Con estas palabras el pobre pato escondió la cabeza bajo el ala y lloró.

—¡Pobre de mí! Martina no quiere casarse conmigo.

Al poco rato pasó el perro.

—Hormiguita bonita, ¿Quieres casarte conmigo?

—Quizás— dijo Martina. —Puede que sí, puede que no. Háblame un poquito.

—Así— dijo el perro. —¡Guau! ¡Guau! ¡Guau!
Pero Martina respondió:

—¡Qué susto! No puedo casarme contigo.

El pobre perrito siguió su camino con los ojos
llenos de lágrimas.

Entonces vino el gallo y se paseó ante el balcón.
Preguntó a Martina:

—Hormiguita hermosa, ¿Quieres casarte
conmigo?

—Bueno, quizás— contestó Martina. —Puede
que sí, puede que no. ¿Cómo me hablarás en el
futuro?

—Así . . . ¡Qui-qui-ri-quí! ¡Qui-qui-ri-quí!

A Martina no le gustó su canto. El pobre gallo, muy triste, se alejó de su amor diciendo:

—Me ha partido el corazón, me muero de dolor. ¡Martina no quiere casarse conmigo!

Poco después llegó el señor Coquí. Preguntó como los otros pretendientes:

—Hormiguita bonita, ¿Quieres casarte conmigo?

—Oh, quizás. Puede que sí, puede que no. ¿Cómo me hablarás en el futuro?— preguntó Martina.

El coquí la miraba tiernamente:

—Te hablaré así . . . ¡Co-quí! ¡Co-quí! ¡Co-quí!

Pero Martina no quiso casarse con él. Dijo que no podría soportar ese ruído en su casa.

El pobre coquí se alejó con los ojos llenos de lágrimas diciendo:

—¡Qué desgracia la mía! Martina no quiere casarse conmigo.

Llegó un gran toro a su balcón. Como los otros le preguntó:

—Señorita Martina, ¿Quieres casarte conmigo?

Y le dijo como le hablaría en el futuro:

—¡Muuu! ¡Muuu! ¡Muuu!

Pero a Martina tampoco le gustó la voz del toro.

Pocos minutos después llegó el lechón.

—Señorita Martina, ¿Quieres casarte conmigo?

—Puede que sí, puede que no, señor. ¿Cómo me hablarás en el futuro?

—Así— dijo el lechón. —¡Oinc! ¡Oinc! ¡Oinc!

Pero Martina tampoco quiso casarse con él.

Ya Martina estaba cansada de esperar al
Ratoncito Pérez. Mirando una vez más a la calle,
notó que alguien caminaba hacia su balcón. Con
ojos muy abiertos exclamó:

—¡Por fin, llega mi amor, el ratoncito Pérez!

El ratoncito se acercó al balcón.

—Buenos días, señorita Martina. ¿Quieres salir a pasear un ratito conmigo?

—Oh, gracias, señor— contestó Martina.

—Prefiero quedarme aquí en mi balcón.

Entonces el ratoncito propuso:

—Señorita, quiero hacerte una pregunta.
¿Quieres casarte conmigo?

Sonriéndose, Martina contestó:

—Oh, quizás. Puede que sí, puede que no.
¿Cómo me hablarás en el futuro?

—Te hablaré así: . . . Chii . . . Chii . . . Chii.

19

Martina, encantada, le dijo:

—Ay, ¡qué lindo! ¡Sí! ¡Sí, mi amor! Me casaré
contigo.

Entonces se casaron. Celebraron una gran boda.
Martina cantó y bailó muchos bailes
puertorriqueños con su elegante esposo.

Cuando la Navidad se acercaba, Martina pensó:

—Quiero preparar un plato navideño especial.
Estoy segura que mi esposo no ha probado nunca
un arroz con dulce como el mío.

Sacó una olla enorme y metió todos los ingredientes. Después de ponerla a hervir, salió para limpiar el patio.

El Ratoncito Pérez olió algo delicioso. Se fue a la cocina, se subió en un taburete, y se inclinó hacia la olla.

—¡Mmmm! Está riquísima. ¡I-i-i-i-i! Hay una almendra . . . Si pudiera cogerla . . . ¡Una vez más y la tendré!

¡Zas! El pobre Ratoncito Pérez se cayó en la olla. Gritó a su esposa:

—¡Martina! ¡Martina! ¡Auxilio! ¡Ayúdame!

Pero Martina no lo oyó. Estaba cantando y barriendo su patio.

Un poco después, al mirar en la olla, descubrió a su esposo flotando dentro.

—¡Ay! ¡Pérez! ¡Te me has muerto! ¡No te vayas, mi amor!

Al oír los gritos de Martina, todos los amigos
corrieron a ver lo que pasó. El búho preguntó:

—¿Adónde van Uds, con tanta prisa?

Y los animales le contestaron:

—¡Ha pasado algo horrible al Ratoncito Pérez!

El búho salió corriendo. Cuando llegaron a la casa de Martina, el búho se acercó al Ratoncito Pérez y puso la oreja sobre su pecho. De repente exclamó:

—¡Vive aún! ¡No está muerto!

Después de unos pocos minutos ansiosos, el Ratoncito Pérez volvió en sí y preguntó:

—¿Dónde estoy? ¿Qué me pasó?

—¡Gracias a Dios! ¡Ya vive mi amor!—
exclamó Martina.

Y los demás dieron saltos de alegría.

Pronto el Ratoncito Pérez se levantó y se quedaron todos para celebrar la fiesta de Navidad.

Pérez and Martina

Marjorie E. Herrmann

Dear Children,

Have you ever wondered where good stories come from? Some are simply told to other people and never get written in books. These are the true folktales. Sometimes they are so old that no one can remember who told them first. Every culture has its own folktales. They are very special because they really *belong* to a people.

The story you are about to read is a well-loved Puerto Rican folktale which has been written down for your enjoyment. It belongs to the children of Central America, particularly Puerto Rico and Mexico. Because you like to read good stories, I want you to know this one. Because you are bilingual, you will enjoy it twice as much by being able to read it in both Spanish and English.

Whatever language you choose, read about the little mouse, Pérez, and his lovely wife, Martina. I hope you'll have fun comparing how animals "speak" in Spanish and English.

Happy story time!

Marjorie E. Herrmann

Once upon a time there was a little ant named
Martina. She was very pretty with big, black eyes.
She lived in a little white house that had a balcony
and a garden full of flowers.

One day as she was sweeping her patio, she discovered an old coin. She thought about what she would be able to buy.

"Perhaps I could buy a blue dress . . . but I don't have enough money."

"Maybe a box of chocolates," she thought. But she changed her mind quickly, because those chocolates would make her fat. Finally, she decided to buy a box of face powder and ran quickly to the store.

When she got home, the little ant bathed herself, combed her hair, powdered her little face and put on her best dress. Looking very, very pretty, she sat down on her balcony.

"Oh, how I wish that the little mouse Pérez would pay me a visit," dreamed Martina. "He is so elegant, so good looking."

Mr. Cat passed near the house. "Martina, how beautiful you are! Do you want to marry me?" he said.

"Well, perhaps," answered Martina. "Maybe yes, maybe no. How will you speak to me in the future?"

The cat responded, "I will speak to you like this, Meow, meow, meow."

"Oh, no, Mr. Cat!" shouted Martina. "I cannot marry you. I don't like your voice."

With these words the poor cat went away with his eyes filled with tears saying: "I'm so sad because Martina doesn't want to marry me."

A little later Mr. Duck arrived. "Good day, señorita," said the duck. "Do you want to marry me?"

"Maybe yes, maybe no. How will you speak to me in the future?"

The duck said, "I will speak to you like this, Quack, quack, quack."

"Enough! Enough!" she shouted. "I can't stand such a disagreeable voice."

With these words, the poor duck hid his head under his wing and cried: "Woe is me! Martina doesn't want to marry me."

In a little while the dog passed by. "Pretty little ant, do you want to marry me?"

"Perhaps," said Martina. "Maybe yes, maybe no. Speak to me a little."

"I speak like this," said the dog. "Bow-wow-wow!"

But Martina answered, "What a fright! I cannot marry you."

The poor little dog went on his way with his eyes filled with tears.

Then came the rooster and passed by her
balcony. He asked Martina, "Beautiful little ant,
do you want to marry me?"

"Well, perhaps," answered Martina. "Maybe
yes, maybe no. How will you speak to me in the
future?"

"Like this," responded the rooster.
"Cock-a-doodle-doo! Cock-a-doodle-doo!"

Martina did not like his song. The poor rooster very sadly went away from his love saying, "My heart is broken; I will die of grief. Martina doesn't want to marry me!"

Soon after, Mr. Tree Toad arrived. He asked,
like all the other suitors, "Pretty little ant, will
you marry me?"

"Well, perhaps. Maybe yes, maybe no. How will
you speak to me in the future?" Martina
answered.

The tree toad looked at her tenderly. "I will speak to you like this, Co-quí, co-quí, co-quí."

But Martina didn't want to marry him. She said that she would not be able to stand that noise in her house.

The poor little tree toad went away with his eyes filled with tears saying, "How disgraced am I! Martina doesn't want to marry me."

Then a big bull arrived at her balcony. Like the
others, he asked, "Señorita Martina, will you
marry me?" And he demonstrated how he would
speak to her in the future: "Moo-moo-moo."

But Martina didn't like the bull's voice either.

A few moments later the pig arrived. "Señorita Martina, will you marry me?"

"Maybe yes, maybe no, señor. How will you speak to me in the future?"

"Like this," said the pig. "Oink, oink, oink."

But Martina did not want to marry him either.

Now Martina was getting tired of waiting for the little mouse Pérez. But looking down the street once more, she noticed someone walking toward her balcony. With eyes open wide, she exclaimed, "My love, the little mouse Pérez! Finally he has come!"

The little mouse drew near the balcony. "Good
day, señorita Martina. Would you like to take a
little stroll with me?"

"Oh, thank you, señor," answered Martina,
"but I prefer to stay here on my balcony."

Then the little mouse suggested, "Señorita, I would like to ask you a question. Would you like to marry me?"

Smiling, Martina answered, "Oh, perhaps. Maybe yes, maybe no. How will you speak to me in the future?"

"I will speak like this, Iiiiii . . . iiiiii . . . iiiiii."

Martina, delighted, said to him, "Oh, how beautiful! Yes, yes, my love. I will gladly marry you."

So they got married. They had a big wedding. Martina sang and danced many Puerto Rican dances with her elegant new husband.

When Christmas was drawing near, Martina thought: "I want to prepare a special Christmas dish. I am certain that my husband has never tasted a rice pudding like mine."

She took out an enormous pot and put in all the ingredients. After putting it on the fire to simmer, she went out to clean her patio.

Little mouse Pérez smelled something delicious. He went into the kitchen, climbed on a stool, and leaned toward the pot.

"Mmmm. It's so rich. O-o-o-o! There is an almond . . . If I could just get it . . . Once more, and I'll have it!"

Plop! Poor Pérez fell in the pot. He shouted to his wife, "Martina! Martina! Help! Help me!"

But Martina didn't hear him. She was singing and sweeping her patio.

A while later, looking into her pot, Martina discovered her husband floating there.

"Oh, Pérez! You died on me! Don't go away, my love!"

25

Upon hearing Martina's cries, all of their friends ran to see what happened. The owl asked them, "Where are all of you going in such a hurry?"

And the animals answered him, "Something terrible has happened to Pérez!"

The owl came running out. When they arrived at Martina's house, the owl drew close to the little mouse Pérez, and he placed his ear on Pérez' chest. Suddenly he exclaimed, "He's still alive! He isn't dead!"

After a few anxious minutes, the little mouse
Perez regained consciousness and asked, "Where
am I? What happened?"

Martina exclaimed: "Thank God! My love is still alive!"

And the others jumped up and down with happiness.

Soon the little mouse Pérez got up, and everyone stayed to celebrate Christmas.